屋頂上的貓 Tiptop Cat

文‧圖／羅傑‧梅德 (C.Roger Mader)
譯／吳敏蘭
美術設計／Today Studio‧今日工作室

步步出版

社長兼總編輯　馮季眉
主編　許雅筑、鄭倖仔
編輯　戴鈺娟、李培如、賴韻如

出版　步步出版／遠足文化事業股份有限公司
發行　遠足文化事業股份有限公司（讀書共和國出版集團）
地址　231 新北市新店區民權路 108-2 號 9 樓
電話　(02)2218-1417　傳真　(02)8667-1065
客服信箱　service@bookrep.com.tw
網路書店　www.bookrep.com.tw
團體訂購請洽業務部　(02) 2218-1417 分機 1124
法律顧問　華洋法律事務所 蘇文生律師
印刷　中原造像股份有限公司
初版　2016 年 9 月
初版十刷　2024 年 2 月
定價　280 元
ISBN　978-986-93438-0-0

屋頂上的貓

文‧圖／羅傑‧梅德

譯／吳敏蘭

TIPTOP CAT
by C. Roger Mader
Copyright © 2014 by C. Roger Mader
Published by arrangement with Houghton Mifflin Harcourt Publishing Company
through Bardon-Chinese Media Agency
Complex Chinese translation copyright © 2106
By Pace Books, an imprint of Walkers Culture Co.,Ltd.

那天她收到的禮物當中，
最棒的就是這隻貓。

貓在房子裡繞了一圈

——很喜歡他的新家

他特別喜歡——

陽台。

從那裡，他可以——

跳 到屋頂上去！

短短的時間裡，他對周遭的環境

每一天

已經熟悉得像自己的手掌心一樣。

他會一路爬上 他 最 喜 歡 的 地 方——

世界的最頂端！

有一天，他聽到鴿子「咕咕咕」的叫聲

貓內心的小野獸

看到她降落在 **他** 的陽台上。

甦醒了，叫他——

「**撲過去！**」

他撲過去了。

但貓是不會飛的，所以他——

往下

往下

往下

摔了下去！

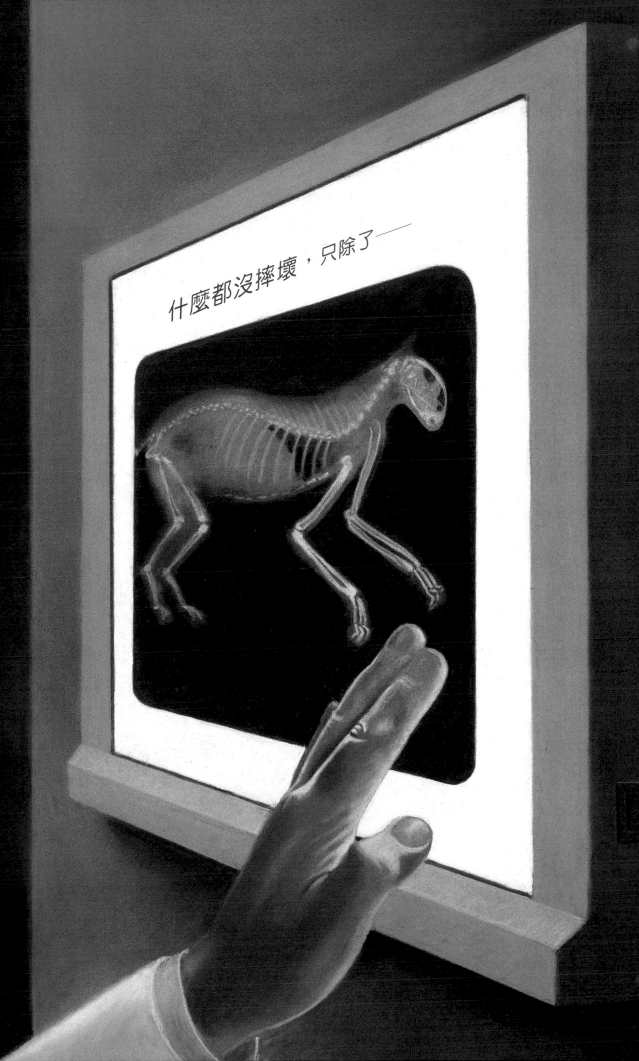

他 的 自 尊 心 。

再也不去陽台，

 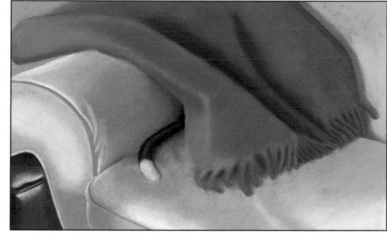

再也不去屋頂，

 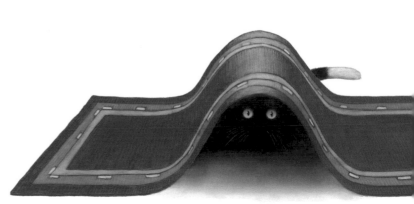

再也沒有樂趣。

直到——

那隻內心的小野獸**又**甦醒了。

烏鴉 **飛** 起來──

一隻烏鴉出現。

貓 *跳* 起來——

烏鴉往上 *飛*——

貓往上跳

往上

往上

往上

 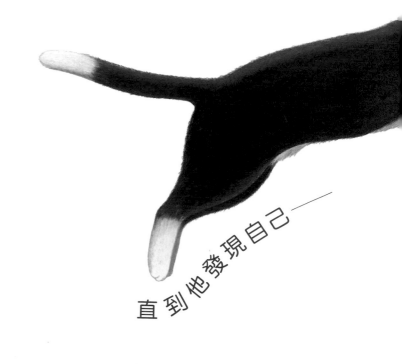

往上

直到他發現自己——

又 站上了世界的最頂端。

挫折之後的追尋探索

文·吳敏蘭——凱斯教育機構執行長

身為愛貓一族的我，在看到《屋頂上的貓》的英文版繪本時，深深為其中的插圖所吸引。羅傑·梅德（Roger Mader）把貓的習性和動作畫得維妙維肖，讓人拍案叫絕；而貓細膩的神情，或好奇、或兇、或害怕，他更掌握得精準不已，讓大小讀者隨著生動的畫面起舞。整本書除了插畫有趣又精緻，文字淺顯又易懂，甚至不需要文字，看圖就能猜出劇情，從頭到尾跟著故事中的貓，就可以看懂整個故事，有些頁面設計像漫畫般一格一格的，緊湊又懸疑，讓讀者的視線與想像力隨之延伸與擴展。

《屋頂上的貓》還有一些有趣的小故事：如原本是以姪女的橘貓（ginger cat）為主角，後來改為黑白貓（tuxedo cat）更有戲劇效果；原本覺得橫式設計很可以呈現巴黎的風景，後來也改成直式，這樣更能表現事件發生的視覺效果。

在這裡也建議大家在第一次跟著貓的視線讀完故事之後，別忘記要再次拿起這本繪本細細品味，還可以看到更多細節和趣味：如貫穿在故事中的巴黎鐵塔、各式高高低低的屋頂煙囪和天窗、各家美麗的窗台，還有貓掉落

時各個樓層住戶他們的日常生活：有的在彈琴、有的做瑜伽、有的人家養狗，而掉到最後，大家有沒有發現，原來樓下有家水果店！繪本中提供了各種視角讓讀者認識巴黎的建築風情，不管是跟著貓從屋頂俯瞰路面，或是從煙囪遙看巴黎市景，都讓讀者彷彿身在巴黎，跟著這一隻好奇的貓一起探索這個城市。

帶孩子一起閱讀《屋頂上的貓》，可以讓孩子認識貓的好奇習性是如何讓人哭笑不得，也可以讓孩子了解動物在受挫之後也有情緒，會缺乏自信、會躲藏、會害羞，就像孩子一般。不過，這個故事其實也反映一個充滿好奇心的孩子，如何追求探索，看到世界的頂端，而在受到挫折後，如何沉澱，然後又爬起來，再次爬上最高點，象徵著無限的勇氣，充滿了希望，所以《屋頂上的貓》也是一本相當「勵志」的繪本呢！

作者

羅傑・梅德 （C. Roger Mader）

因為無意間在家門口巧遇一隻灰白相間的貓咪，開啟了他的童書繪本創作生涯。2013年出版第一本兒童繪本《LOST CAT》，一出手就因為細緻、優雅的畫風，充滿戲劇張力的故事，引起廣泛的注意。之後，持續以貓咪為主角，創作出許多精彩的童書繪本。個性低調的羅傑，目前跟法國籍太太、狗狗，當然還有他最喜愛的貓咪一起居住在法國鄉間。「讓故事來找你吧！」是他創作時的座右銘。

譯者

吳敏蘭

兩個孩子的媽，現任凱斯教育機構執行長。小時候跟著外交官父親遊走各國，受過6個國家不同文化的洗禮，學過7種語言，在泰國住3年、韓國6年，在台灣念國中，在瑞典念高中，台灣大學外文系畢業，美國哈佛大學跨文化雙語教育碩士。從小立志當幼兒園老師，與先生一起建立夢想中的凱斯跨文化雙語幼兒園，並延伸發展出推廣英語閱讀的凱斯英語學校。現致力於推廣英語繪本閱讀，曾擔任台北教育大學西洋兒童文學講師、台北歐洲學校教師，同時也是《親子天下Baby》《小行星幼兒誌》《未來兒童》《繪本大家》（北京）《嘰哩呱啦》（上海）等專欄作家。著作有《輕鬆培養孩子的英語好感度》《雙語齊下》《看漫畫 Fun 英語》《英文繪本創意教學 1－3》《童書久久ⅠⅤ》《Cooking With Kids》《信誼 Sing ＆ Play 唱唱跳跳學英文 1-4》《繪本 123，用五感玩出寶寶的英語好感度》等。